叙情句集

言葉の水彩画

Kanno Kuniharu

菅野 国春

叙情句集　言葉の水彩画
——目次——

自句自賛　叙情句私論

――序にかえて――

「自画自賛」という熟語はあるが「自句自賛」という言葉はない。物書き生活五十有余年の間にいくつもの熟語を捏造してきた。数年前に刊行した俳句の実用書に「通俗俳句」なる言葉を使ったが、これも「通俗小説」の言葉をもじっただけのことである。私の場合、いわばこの手の浅薄な造語であって、多くの場合捏造によって偉い先生方の顰蹙《ひんしゅく》を買ったが、中には面白いとお世辞をいう人もいた。

造語といったところで、前述のようにかくべつに新味も深味もあるわけではない。自画自賛は自分で自分の描いた絵をほめることだが、同様に自分の句を自分ほめることを自句自賛といっただけのことである。くどくどと弁解するほどのこともない。しかし改まって本書で特別に「自句自賛」をしようとは思わないが、叙情句について私の考えていることを述べたいと思う。

私の俳句のスタンスはあくまでも言葉の遊びであって、俳句としての文芸の質を向上させようとするものではない。私の言葉の遊びは、俳句というより、あるいは「一行詞」と呼ぶべきものかもしれない。が、形式として五・七・五の体裁によって作られているし、詞の中に「季語」を入れることを重視している。そういうわけで、一応「俳句」という呼び方をしている。

俳句の本道は厳正な言葉の選択によって自然や暮らしを詠《うた》うことである。その視線は透徹し、豊かな感性によって自然をはじめ、あらゆる現象の機微を受け止めることが大切である。

建て前をいえば、高度な俳句は、小さな大芸術といえる。

しかし、私は俳句に高尚な文芸的価値を求めて作ってはいない。私の俳句は、通俗的な心地よさ、面白さ、悲しさや哀しさを表現しようとしている。私は俳句の中にクラシック音楽の芸術性を求めるのではなく、演歌的哀愁を求めているのである。絵に例えれば、芸術的絵画を描くのではなく、ドラマ性のある漫画のタッチで描くことである。

常識的に詩は現代詩と叙情詩に分けられる。現代詩は思想やイメージを言語で造形する高度な感性が求められる。それに対して叙情詩は感情や情緒を言葉に託して表現し、読む人に共感と哀感を与える詩といっていい。

俳句はどちらかといえば、叙情詩に近い性質があると思うが、質の高さを求めようとすれば、洗練された言語感覚と豊富なボキャブラリーが必要である。芸術性の高い俳句を作ろうとしたら、中途半端に妥協しない、芸術家魂も必要かもしれない。

本書に収録した俳句は、読んで心地好く、もの悲しい雰囲気、すなわち感傷的気分を醸し出すことをねらって作られた通俗的な俳句ばかりである。

私は現在伊豆半島の高原の町で、「ふるさと句会」というささやかな句会の講師を引き受けている。俳句会とはいうものの、あくまでも言葉遊びを主体とした作詞的俳句づくりを指導している。

私の指導する句会は、誰もが感ずる喜びや哀感を五・七・五の言葉と季語に託して表現する作詞、すなわち言葉遊びをする集まりである。遊びでもルールがあるほうが楽しいゆえに五・七・五の定形を守り、一行の詞の中に季語を入れることを求めるのである。

俳句というと、身構えて一歩引く人も、本書を読んで「なあんだ、この程度でいいのか、案外簡単なものだ」と思っていただければ有難い。これを機に俳句の道にさまよい込んで、本当の俳句に開眼していただければ筆者としてはこの上ない喜びである。

令和元年十月吉日

著者記す

菅野国春　叙情句集

春

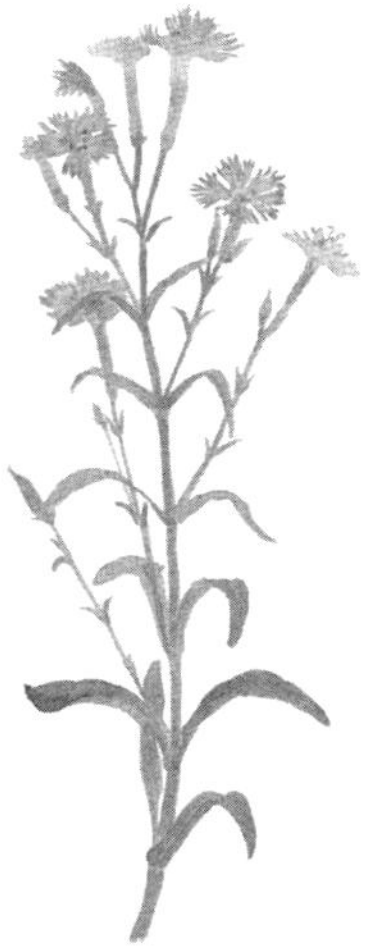

修行僧白き素足に余寒あり

薄命の手相見つめる余寒かな

子を叱る激しき声や冴え返る

淡雪《あわゆき》のあはきがゆえに哀しけれ

銀の柄《え》のペーパーナイフ冴え返る

幸せを猫と分けあう寒の明け

きのうきょう訃報ばかりの二月かな

恋知らぬ少女のリボン浅き春

口笛にこめし想いや浅き春

実らざる少年の恋春寒し

放蕩の昨夜を悔いてしじみ汁

清貧に生きて悔いなき今朝の梅

足軽の先祖が愛でし梅の庭

白梅の恋あり紅梅の恋もあり

鐘の音絶えて墓園に散る桜

さくらさくら降りやまぬさくらソロピアノ

帰り来ぬ遠きふるさと花曇

「花吹雪」という宿のありけり伊豆の春

春愁やかなしきさがの独りごと

春愁や仮病の床の昼寝かな

美しき幼なじみや桜餅

三度目の恋も楽しや桜餅

嘘泣きは女のまこと四月馬鹿

トランプのババ引く総理四月馬鹿

泣きながら笑う人いる四月馬鹿

春光を指に集めて弾くショパン

花冷えや遠ざかり行く赤い靴

花冷えや表紙は白き詩集かな

花冷えや一村昏《くら》きまま暮れる

ただひとり逢いたきひとよ春の星

美貌ゆえ不幸になりて雛《ひな》納め

湯の町の暗き路地裏猫の恋

猫の恋汚れるまでに狂いけり

春灯下人形抱いて眠りけり

かのひとの窓に春の灯ともりけり

年齢を隠せし恋や白木蓮

傘渡す永久《とわ》の別れや花の雨

ルパシュカの異人恋しきリラの花

落ち椿失う恋の重さかな

落ち椿出船の銅鑼《どら》にまた一つ

もう逢えぬ椿の島の出船かな

荒れ庭に落ちて灯《ひ》となる紅椿

仮そめの恋はしたなき花の宴
花衣《ごろも》ひと日さかいに恋ごろも
春の闇女の嘘に酔いにけり

春雨や髪の香こもる蛇の目かな

春雨や蛇の目で隠す恋遊び

駅の名が「恋が窪」なり月朧

狐狸ふたり腕組んで行く朧かな

ペンだこの手をじっと見る啄木忌

行く春やさびれしままの城下町

行く春の行方はいずこ遠灯り

行く春や別れの文を投函す

いふまじきことはいはずに春炬燵

夏

リルケ読む書斎に風や夏来る

いさかいの後のさびしき薄暑かな

葉桜の並木来た人去りし人

早乙女の尻一列に迫り来る

少年の美しき肌菖蒲風呂

母の日の夕景かなし過疎の村

父の日や子に嫌われてたじろがず

改元の令和うるわし清和かな

老いてなおときめき残る更衣《ころもがえ》

はしごするゴールデン街夏の月

奥州市わがふるさとぞ夏の月

寡婦《かふ》ねむる影絵のように青き蚊帳

悔恨の奈落果てなく冷酒くむ

冷笑を隠す美貌のサングラス

サングラスかけて虚構を生きてみむ

香水の強き女を憎みけり

薔薇の香や白日の恋恥ずかしき

メロン掬《すく》うまつ毛の愁い銀の匙《さじ》

メロン掬う出会いに悲劇の幕が開く

囚《とら》われの蛍灯《とも》して眠りけり

相愛のやさしき闇に蚊やり焚く

昭和の夜炙《あぶ》り出してる蚊遣りかな

耐え難き独居の闇に蚊遣り焚く

性の記憶薄らぎおりし端居《はしい》かな

人それぞれ座る場所ある端居かな

さびしさの似合う身となる端居かな

古里や我大の字の夏座敷

相撲甚句大の字で聞く夏座敷

ダリア活け去りしひとあり暗き書庫

病葉《わくらば》の手折《たお》りて憎む人のあり

万緑《ばんりょく》に身の置き所なく退院す

Ｂ級の生涯楽し遠花火

母子家庭ふたりの窓に遠花火

紫陽花や尼に悲しき過去のあり

紫陽花やひと恋ふ雨のふりやまず

くり返し草矢放ちて恋終わる

白壁に影のみ黒き白牡丹

誰《た》がために力の限り吹くか麦笛を

青りんご汝《なれ》の歯形のいとおしき

片言の英語の恋やアマリリス

羅《うすもの》や少女は恋を知りそめし

羅を着ても険しき女かな

傷心の帰郷の駅や麦の秋

老残の無頼ひげ剃る桜桃忌《おうとうき》

嘘つきの生涯かなし太宰の忌

吾子抱きて命重たし原爆忌

くるくると日傘回して捨てる恋

ふるさとや初恋遠き木下闇《こしたやみ》

故郷《ふるさと》は異郷となりて蝉時雨

久闊《きゅうかつ》の香水まじるクラス会

夏やせてより美しき人の妻

短夜や人を呪いて明けにけり

短夜や旅立つ靴の重さかな

海の恋色あせてきし晩夏かな

馬の目がかなしく濡れて夕焼ける

さびれゆく酒場に咲きし水中花

独り酒少し残りし冷奴

冷奴くずすに惜しき白さかな

葬列の涙もろとも炎天下

音絶えて風さえ死せる訃報《ふほう》かな

手花火の消えて初恋終わりけり

新内の流れる露地や釣り忍ぶ

籐椅子の後ろ姿の孤高かな

秋

頬杖のポーズ淋しき秋思かな

草原に風のみ秋を告げにけり

秋蛍いまわのきわに光けり

門火消え立ち去りがたき闇に立つ

灯籠流しすぐに消えしはつらきかな

山越えてくる海鳴りの九月かな

疑心暗鬼ただ立ちつくす野分きかな

秋簾《あきすだれ》別れ話しのもつれおり

馬鹿顔の案山子に聞かす独り言

白露や汚れた過去を洗いたし

露の路《みち》別れを告げに来りけり

露の路どこまで行けど露のみち

露の夜を泊まり重ねて旅続く

サーカスのテントの裂け目痩せた月

亡き母の街かなかなと暮れにけり

ひぐらしの中でまどろむ帰郷かな

好きですと言われて手折る野菊かな

野菊摘む青きネールに入り日散る

逢うてならぬさだめありけりカンナ燃ゆ

我が肩にとまれば愛し赤とんぼ

古里の母が恋しき赤とんぼ

ふるさとや変わらぬものは赤蜻蛉

独りより二人さびしく林檎むく

異人屋敷あめふる午後や曼珠沙華

月光に心をえぐる置き手紙

ひぐらしや墓前に詫びる親不孝

枯れてなお赤く燃えてる烏瓜《からすうり》

旅人も踊り達者や風の盆

旅人を鼓弓《こきゅう》で泣かす風の盆

恋三夜明けて別れの風の盆

恋ひと夜旅人と居る風の盆

憂きことは憂きことのまま風の盆

寅さんと似し旅人や鰯雲

群衆の中の孤独やいわし雲

夫婦とは不思議なえにし赤まんま

霧波止場演歌のように影ふたつ

病んでいる踊り子のような秋の蝶

秋冷や薄幸の指輪の光かな

秋冷や喪服に真珠の涙散る

無為の日を我に許して寝待ち月

墓場まで秘めたる恋や萩の寺

桐一葉余命の月日数えみる

あの人もかの人も亡き秋祭り

人はみな遠ざかり行く秋の暮

秋の暮しらせるごとく灯の点る

断捨離の身を吹き抜ける秋の風

秋風に立てば孤独な男かな

少しずつ街暗くする秋の風

目を閉じて色無き風に染まりけり

孤独には孤独のよさよ鵙《もず》日和

晩秋や独りの影の細くして

晩秋の孤独あい寄る屋台かな

夢かなし覚めても哀し虫の秋

老いてなお母の恋しき虫の夜

霊界のありて愉しき月見酒

厭世も生きるよすがや月見酒

厭世も酒の肴や月見酒

青空を濾過《ろか》して水の澄みにけり

銀杏《いちょう》散る思い出はみな黄金《こがね》いろ

菊人形武士らしからぬ顔ばかり

そぞろ寒《さむ》無口な人の咳払い

隠れ住む窓にまぶしき葉鶏頭《はげいとう》

影絵のように去りし人あり霧の街

萩こぼれ色なき心こぼれけり

行く秋や喪服に白き涙かな

行く秋と共に去る背の遠ざかる

遠ざかる人ばかりいる暮れの秋

苔むした羅漢哭《な》いてる暮れの秋

石地蔵汚れ積もりて暮れの秋

冬

子犬にも老人にも降る落ち葉かな

しぐれゆく銀座の裏の孤独かな

思い出もかすむ銀座にしぐれけり

もう逢えぬ人を見送る時雨かな

湯豆腐の冷めていさかいまだ続く

背徳の白きうなじや冬薔薇《ふゆそうび》

冬薔薇やキャンバス白きままに立つ

来し方を悔ゆる日のあり返り花

いつまでも狂いておれよ返り花

青空をひとりじめして返り花

廃村を牛の群行く返り花

木枯に出で立つ吾子を抱きしめぬ

木枯の笛ひとの世の嘆き節

友の嘘見抜きて仰ぐ冬の月

浅草に下駄の音する冬の月

人そることも淋しき冬の月

芸人の母は看護師酉《とり》の市

死を恋うる音無き部屋にちちろ虫

狐火を見たという子の青き瞳よ

襟巻きに顔を埋めて人嫌う

ミニのひざ隠しきれない針供養

世を捨てし証《あかし》の如く着ぶくれぬ

山茶花に隠されている隠れ宿

熱燗や正座で受けし師のお酌

凍星《いてぼし》に囲まれ月の欠けてゆき

小春日や猫のあくびのうつりけり

性の無き夫婦となりて日向ぼこ

寒牡丹らんぷの如く咲きにけり

風花《かざはな》や指切りの指の細くして

風花を連れて農家の嫁来たる

寒紅やひそかに捨てむ老いの恋

寒紅の淡きが悲し老いの恋

黒髪を梳けば寒紅鮮やかに

荒れ寺の苔に絵を描く冬紅葉

埋み火や古傷うずく夜なりけり

埋み火にふと寄り添いぬ心かな

埋み火を掻き出しみれば一つかな

こんなにも遠くまで来てもがり笛

悪運をまとうが如くどてら着る

富も名も無きまま老いしどてらかな

着る人のなきセーターを編みにけり

着せる人あれこれ迷い毛糸編む

恋多き女の末路木の葉髪
恋景色墨絵となりて木の葉髪
幸せがほしくて独り焚き火かな

悪相を隠し焚き火の環に入りぬ

北に帰るわれは旅びと寒昴《かんすばる》

枯葉散る遠き内部に音がして

みなし児が星を指さす聖夜かな

雪女見たという子の嫁ぎ行く

身障児母に手を振る雪の駅

世を捨てて世に捨てられて煤払《すすはら》う

人はみな行きて戻らぬ年の暮

ひとは行くわれのみ残る年の暮

思い出を捨て切れぬまま年暮るる

閉店の続く町並年暮るる

鐘の音を聞いて箸取る晦日蕎麦

大あくび乗せて流れる除夜の鐘

儲け話わらって聞いて春隣

新年

去年《こぞ》の闇よどみし部屋に初明かり

初春や愚痴も小言もきのうまで

初春や空青ければ唄うたう

初日拝む神主凛々しき顔をあげ

初日さす波なき海は果てしなく

よきことの予感が香る雑煮椀

有為転変《ういてんぺん》わらぬ味の雑煮かな

神あらば吹雪を止めよ初詣で

寝て覚めて祝う間もなし寝正月

真夜中に恋の腕組む初詣

ひび割れるそれがさだめや鏡餅

大中小場所それぞれに鏡餅

絶交の友の賀状のまじりけり

世を捨ててなおひと恋し賀状かな

この世では逢えないひととの賀状かな

愛大きく中身小さきお年玉

可愛げのなき児も笑うお年玉

酔い半ば想いも半ば初日記

初鏡磨けば無精髭の濃し

ルージュ濃きひとの佳《よ》き句や初句会

喪の明けしひとの晴れ着や初句会

ほんのりと酒の香がする初句会

環飾りを残したままで旅の空

環飾りの少し小さき母子家庭

手鞠唄《てまりうた》とぎれとぎれや母子家庭

関白の亭主許して小正月

処女出版『言葉の水彩画』
—抜粋—

この章では、日産自動車のＰＲ誌『くるまの手帳』に三年七ヵ月にわたり連載され、その後、昭和四十七年四月に三交社から刊行された処女出版『言葉の水彩画』から抜粋して掲載する。詩とも、シャンソンとも、ソネットとも違う、日本語の言葉の遊びであるが、俳句の言葉遊びにも通ずるものがあるので本書でも紹介することにした。

『くるまの手帳』に連載中も、春・夏・秋・冬の季節に分けて掲載した。三交社が単行本にするときも、季節ごとに分類して一冊にまとめたので、本書でも季節ごとの作品の中からそのまま抜粋した。

春

ある長い一日

重い扉がきしんで開く
夜が明けた
遠く管弦の音が聞こえてくる
そして薔薇の花びらが投げられる
道は前だけに続き　振り向いても道は無かった

それから……
建物の陰に陽は影となり
しんしんと孤独が
あらゆるすき間を埋めてゆく　透明な午後

やがて……
血のような花びらが空に咲き
散るときを待つ焦燥が
体の中を吹き抜けてゆく

重い扉がきしんでしまる
夜……
アポリネールの苦悩が
雨のように
ふるえる肩に降る
すでに
道は前になく
振り向くと
後ろ姿の人ばかり

三月

ひとつの灯がついて
ひとつの灯が消える
ぼくの心の街

マーチからエレジーに
急カーブする
ぼくの心の道

退屈と多忙を
風が運んでくる
ぼくの心の庭
笑いたい朝　泣きたい夜を
ぼくに教える
三月……

エープリル・フール

いつも嘘をついているから
四月馬鹿など楽しくない
ひとは嘘におどろかない
つまんないよ　まったく

ギョッとおどろいて
青ざめてぽかんぽかん
そのとき　ウインクして
エープリル・フール
言ってみたいもんだ

「狼が来た！」
と言ったら
ほんとうに狼が来るんだもん
嘘にゃならない
つまんないよ　まつたく

四月馬鹿

花に背を向け
風にそむいて
固いパンをかじる
生きるために

だれかがどこかで言っている
「あいつはきのう死んだ」と

春灯

マニキュアの
指にからむひも
マニキュアの
指でぬぐう汗
マニキュアの
指で消す灯り

五月

玉砂利のひとつぶひとつぶが
緑の帽子を被っている
哀しみの川底が河原となり
哲学者の釣る魚はもういない
ピアノが鳴る家のテラスを
孤独な蟻が歩いてゆく

風が従順な処女の心に
サタンの花粉を散らす
影までが鏡の歩道と
雲についての対話を交わす

こい

パパのこいは
腐ったこい
ママのこいは
日陰のこい
姉さんのこいは
幻のこい
ぼくのこいだけが
空をかける鯉

ステキだな

夏

その朝から

その朝から恋が始まる
鋭角的な白い街
黒い髪のマリアが
ミルクに唇を濡らして言う
「永遠の処女よ　私って
でも　心は生まれたときから
汚れていたような
気がするの……」

やがて燃える
白さえも
さらにさらに鋭くなる
季節
その朝から恋が始まる

炎天のennui

どこかで
重い画集を閉じる
どこかで
カンナの花弁が落ちる
どこかで
汗ばんだ愛が始まる

どこかで
ルージュがひかれる
どこかで
護岸工事が終わる

どこかで　どこかで……
薄命と占われるひとがいる

夏の日

漣《さざなみ》波のひだをのばし
緑の水面《みなも》に
白いボートで
文字を描く
remember
the
day
岸辺の白百合が首をふり唄う

remember
the
day
すべてを失い
追憶だけが残ったから
水底《みなそこ》深く沈めに来たのさ
にがい涙の泡だつ夏の日
一人ぼっちの乾杯

七月

孤独な少年の顔が
いっせいに
麦わら帽子の陰になる

思想も倫理もすべて不信の極み
絶望の様相もあらわに
熱い舌をたらし
犬は
白い道にうずくまる

あの街で　この街で
孤独な麦わら帽子が
夢遊病者のように
蝉を追っている

草矢

この世でいちばんやさしい凶器
誰に向けて放てばいいのか
とまどいばかりが重い

恋という言葉の
なんと遠くなったことか
大空のように……

この草矢が　たとえ
少女の胸に飛んでいこうが
もう　頬を染めたりはしないだろう

晩夏の儀式

砂に涙を落とし
海草を編みたまえ
心にからまる
追憶をほぐし
失われてゆく愛を編みたまえ
時と情念をX軸とY軸に
空しく定着させ
風に吹かれて
都会へ帰って行きたまえ

星のブルース

星はひとつ　私はひとり
ふたつの星はない
ふたりのひとはいない
星もひとつ　私もひとり

たとえ空に星があふれても
星と星をつなぐのは闇
たとえ私に愛があふれても
星はひとつ　私はひとり

秋

初秋の裸身

夏が終わります
あんなに燃えた血の中で
いまは青ざめた疲労が
ものほしげに記憶を
たぐっています

――海水にぬれた足
――砂にまみれた手
――海水にぬれたベーゼ
――砂にまみれた心

あんまりシーツが白いので
赤銅色《しゃくどういろ》の裸身を
横たえるのがコワイのです

九月のオブリガード

九月は
八月と十月を結ぶ
夏と秋をつなぐ
ささくれだった
木の橋
夏から秋へ
季節に翻弄されるひとたちが
重い足をひきずって

通りすぎる疲労の陸橋である
橋の下は
涙をためた鳩が
恋を捨てる浮気なマドンナの肩で
悲しくも無為な羽ばたきを
くり返している

新涼

水の浮き藻がゆれています
灯影《ほかげ》がそっと寄りそいます
風鈴の音がこの頃
少し鋭いようです
海へ行けなかったことを
かなしむことはありません
そのかわり
まあ

なんて白い手のひらでしょう

短い短い小説　蜩《ひぐらし》

男が女を引き寄せようとすると、
かなかな　かなかな……
と、蜩がなく。
一瞬　男が冷たくさめる。
「窓をしめましょうよ」
ものうく女はいう。
「窓をしめても聞こえるさ」
男は煙草に火をつける。
女がすねる。
かなかな　かなかな……
と　蜩がなく。

抒情のエチュード

薄墨色の石壁に
蝶の影がゆれる

語るためにやっては来たが
言葉はすでに死んでしまった
インカよりもボンペイよりも
複雑で哀しい夏の壁画について
私は語りたかったのだが……
言葉は単に一匹の蝶であったのか

薄墨色の石壁に
蝶の影がゆれる
死んだ言葉の魂は
さらさらと　さらさらと
薄い羽

流星のメルヘン

十五のとしに
初めて流星を見た少女

その頃から　人は
少女の瞳を　青い
キラキラ光る瞳と呼んだ

あのときの　流星の光が　少女の
瞳の中で溶けてしまったのを
だれも　知らない

霧

霧に
ランプがともったら
耳を
すまして聞きましょう
白樺を
ゆく霧の音

霧のゆく音ききたけりゃ
霧に
ランプをともしましょう

ちいさな十月

とん！　と足拍子を踏み
はらりと開く舞扇の
骨の冷たさに　時が移る
遠い旅に出る人の
振るハンカチの
白さにただよう季節
路地裏で泣きわめく子の
腹巻にひそむ秋
小石を蹴り小指を噛む
ひとりぼっちの少女の
ほくろに香る十月

十月は愛のように
ノートルダムの街角にも
刑場へ続く石畳にも
避雷針の錆の上にも
うぶ毛のようにそよいでいる
小さな十月が
やがてひとつになって
鎧《よろい》のように重く
ひとびとの意識を包んでゆくだろう

誰に捧げようか
淡い光の粒
小さな十月の贈り物
イエロー・パール

秋風に

秋風に目をとじている人がいる
頬杖ついているひとがいる

秋風に真赤な追憶を
料理している人がいる
熱い涙で乾杯している人がいる

秋風に長い手紙を
書いている人がいる
どこかで
ママを恋しがっているママがいる

晩秋

ぼろぼろの心を
洗いたてのハンカチで包み
落葉の伝記に涙しよう……
風の怒りは
貧しい背に受けて
暗い街を行け　どこまでも
空を見上げても
うつむいても
灰色ばかりの　思い出だ

文法を無視した長い手紙を
ゆれる灯影で書きたまえ
寒々と
寒々と
青いインクをにじませて

冬

マスク

目だけで
怒れるように
目だけで
愛せるように
目だけで
歌えるように
いたします

明日は
白いマスクで出勤です

ねんねこ

あかごを背負うどてら
ねんねこという
ねんねんころりよ　おころりよ
哀しい子守唄から
ねんねこと名づく
ねんねこ着て眠るあかご
ねんねこ着てあやす母
雪国の母は老いやすく
白髪《しらが》ありて生みし子を
ねんねこに背負う
ねんねんよう　おころりよ

十二月

重いということは十二月ということ
追憶は　まぶたの裏に
冬日のように重く
悔恨は　黄昏のように
心の底に重い
すでに恋人は背負いきれなくなった

別離に振る手の
義手のような悲哀
再会の握手の鋼鉄の冷たさ
オーバーのボタンがちぎれるほどに重い
十二月

ショールのシュール

ショールとショールが反目し
ショールでそっとふく涙

さすらいの心をつつむ
黒ショール
ショールでかくす頬の傷
少し汚れた白ショール

ショールに赤い冬日ざし
赤いショール
青いショール
娼婦のショール

ショールにショールが嫉妬して
ショール噛む歯の鋭さよ

冬の女

木枯らし吹けば
ちぎれる心
「強く抱いてもっと……」
雪をみつめりゃ
追憶つもる
「子供だったのよ……」

暖炉燃えれば
女も燃える
「ほらこんなに汗が……」

白梅

男なら
凛《りん》と誇りを持ちましょう
女なら
あでやかに匂いましょう

にがつのゆうべ

ゆうきがふる
つめたい　つめたい
ゆうきがふる

おひさまも　こごえ
むせるようなほのぐらさ
とある　まちかどで

おさない
しんぶんうりこが
ちいさく
くちぶえ　ふいていた

二月はすべて……

二月は
すべてが鋭角的になる
心にふれて傷つく人もある

二月は
すべて茶色に錆びる
錆びた時間をパイプにつめて
恋の終わりを忍ぶ人もいる

早春

湯船に光る指輪
そのあとの秘密
湯船に光る肌
そのあとの羞恥

四辻

四辻は
時間の外に
捨てられた犬
成長を嫌った
幼児だけの世界
いつも
霧が深い

四つの街の
吐息吹き荒れ
吹かれて
ゆれる辻の灯

苦悩を嗅ぐ犬
孤独をしゃくりあげる児の
暗い友情が凍る
四辻
果てしなく
長い夜

名俳句のドラマ性と鑑賞

本稿は二〇一三年刊行の『通俗俳句の愉しみ』から転載しました。

名句とは結局好きな俳句のこと

小説の名作を選ぶのと、俳句の名句を選ぶのは根本的に違います。小説の場合、「これは名作であり、理由はかくしかじかである」といわれて、著名な評論家に押しつけられても、それを読んだ人は、あまり違和感はないと思います。「なるほど、これが名作か……」とある程度は納得できると思います。

また、小説の場合は、一人の作家が何百と発表した小説の中から、名作と自認、他認する作品は数篇ではないでしょうか。仮に、私が若いときに愛読した太宰治の作品の中から三篇の名作をあげろといわれて、私が選んだとしても、ほかの評論家が選んだものと大差はないと思います。評論家を三人とすれば、三人の評論家の選んだ作品の幾つかは共通し、かつ、私の選んだものと重なる作品は必ずあると思います。

しかし俳句は小説とはまるっきり違います。例えば、これが名句だと万人が共通して選ぶべき句があるでしょうか。芭蕉や蕪村、子規、虚子など、巨匠の場合は先人の評価が定まっていて、私たちは昔から名句と思って接してきて、何となく納得しているところがあります。しかし、本当にそれが名句なのでしょうか？　改めて問いかけてみてください。

小説の名著は日本文学に限ればせいぜい一千くらいと思いますが、俳句は何万とあります。一人の作家が生涯に何千、何百と句を生み出すのです。どの句も心して味わうと質の高い句です。その数千の句のどの句を名句として選んでも、それほど大きな失敗はないと思います。名句と言って恥じない作品が、句集を紐解けばいくつも出てきます。それなのに、私の場合ですが、評価の定まった俳人の句を全部目を通すことはなかなかできません。よく知られた俳句数百の中で好き嫌いを言っているだけのことです。そういう意味で、汗顔のいたりです。

有名な句と質の高い俳句は違います。ただ、俳句の場合この句が質の高い俳句だということをだれが決めるのでしょうか？　難しいとしか言いようがありません。面白い作品ならわかります。万人が面白くなくても、自分が面白ければいいのです。

いろいろ、理屈を言いましたが、そういうわけで結局、たまたまふれるチャンスがあった有名な句の中から、この句が面白くて好きだという俳句を選んで、勝手な解釈を試みたのが本稿です。

ここで、私が取り上げた俳句は、ほとんどが有名な句です。胸を張って言えることは、私が好きな俳句ばかりということです。いずれの俳句もどこかで読んだり、聞いたりしたものです。結果的に取り上げた俳人は著名な俳人ばかりです。著名な俳人だから私の目にとまる機会があったということです。おそらく研究書、俳文、句集、歳時記などで目にして私の心をとらえた句です。

取り上げた俳句は、知られている俳句ばかりなので、名句といっても非難されることはないと思います。問題は解釈の仕方ですが、私の好きな俳句は前述のように有名な句ばかりであり、わかりやすい俳句ですので、それほど見当違いということもないと思います。しかし、他人の解釈を聞き入れず、自分だけの解釈をしているものも多数ありますので、学問的には間違いをおかしている可能性もあります。指摘される前に謝っておきます。

取り上げた俳句は、通俗俳句を提言する者が選んだということで、ある種の関連性はあるかもしれません。その辺を汲み取っていただくと、私が名句としている理由が何となく解っていただけるのではないかと思います。

私の好きな俳句鑑賞

一つ家に遊女も寝たり萩と月　　芭蕉

同じ宿屋に遊女も泊まっているというと、すぐにおかしなことを想像するのが、通俗的俳句作りのさがですが、もちろん、芭蕉が遊女と同じ宿屋にわらじを脱いでいたからといって、遊女と特別な関係を持ったということではありません。

「奥の細道」の一句ですから、このときの情景について芭蕉は何かを書き記しているかもしれませんが、それはこの際の解釈と鑑賞には関係がありません。どんな宿屋か情景は浮かびませんが、明らかに遊女とわかる女が泊まっているのですから、高級旅館ではなかったと思います。

庭先には宮城野萩が咲き乱れ、その庭を月が照らしています。その同じ旅館の一室には遊女とおぼしき女も泊まっているのです。

遊女が泊まっている宿屋に自分も旅装を解いているということで、この句にドラマ性がにじみ出てきます。そこがこの句のムードのある点です。

今頃は、遊女も眠ったかもしれないし、あるいは自分と同じように月光に濡れた萩の庭を見ているかもしれないのです。

此の道や行く人なしに秋の暮　芭蕉

どこまでもどこまでも続く道があります。その果てしなく遠い道を行く人はだれもいないのです。その道を行くのは、旅人の自分だけです。その道に秋の夕暮れがただよいはじめています。秋の夕闇にまみれながらだれも行くひとのいない道を歩き続けていきます。　その道を、創作家が切り開く孤独な芸術の道と深読みをすれば、またそれなりの味わいもありますが、そこまで読み解く必要はないでしょう。だれも行く人がいない道というのはわれわれの人生とて同じです。人生行路は孤独な道です。暮れなずむ道をとぼとぼ歩む姿はすべての人間に共通した風景と言えるかもしれません。

旅に病で夢は枯野をかけ廻る　芭蕉

旅行先の病は心細くやりきれない切なさがあります。旅先の宿屋で高熱にうかされています。朦朧《もうろう》とした病の床で見る夢は、どういうわけか枯れ野ばかりです。

枯れ野というのは淋しい情景です。雨に煙る山の裾野あり、人気のない漁村あり、はるかに雪嶺を望む高原あり、風の吹き抜ける峠の道あり……と、枯れ野は淋しく荒涼とした風景です。なぜ、そんな風景ばかりが夢の中に出てくるのでしょうか？　心弱くなっている身に枯れ野の風景ばかりが夢に出てくるのですから心細さはいっそうつのります。

ゆく春やおもたき琵琶の抱ごころ　蕪村

主人公は僧侶か高級武士か公家という感じがします。琵琶という楽器は、当時、一般的な町人はあまり弾かなかったのではないでしょうか。女性が弾いている図も見たことがありません。やはり、この句の場合は、女性より男性の主人公のほうがしっくりします。

ゆく春には、何となく物憂い感じがします。春も終わりに近づいてメランコリックな気分になっているときに、琵琶でも弾いてみようかと楽器を抱《かか》えてみました。その琵琶が心なしか重たく感じられたのです。うつうつとした心で抱いた琵琶が、何となく重く感じられたという感覚、これがこの俳句の素晴らしさです。

情景としては、ギターでも似たようなものですが、ギターやマンドリンや三味線ではゆく春の物憂い感じが出てきません。琵琶というクラシックな楽器で、かつ「琵琶」という文字の視覚的な感じが俳句として成功している点です。

愁ひつゝ岡にのぼれば花いばら　蕪村

私流の解釈をすれば、この句のポイントは「愁いつつ」岡に登るところにあります。浮き浮きと、足取り軽く岡に登ったのではなく、胸に愁いを秘めて岡に登ったのです。岡に登るとそこには、そこかしこに花いばらが咲いているのです。花いばらの咲くような岡はどちらかというと、荒涼とした風景だと想像できます。孤独な影にゆれる花いばら、静かな淋しさがじんわりとしみこんでくる俳句です。

うつくしや障子の穴の天の川　一茶

これもよく知られた俳句です。面白い俳句といえるでしょう。イメージ上天真爛漫の一茶ですが、暮らしはそれほど豊かではなく、障子の破れがそちこちに見られるあばら家の庵《いおり》であったことは想像に難《かた》くありません。

その破れ障子の隙間から見る天の川の何と美しいことでしょう。現実の貧しさ、醜さに比べて天上の天の川の美しさはまるで夢幻のようではありませんか。

柿くへば鐘が鳴るなり法隆寺　子規

あまりに有名な俳句で、今さらという感じがして、取り上げるのにいささかのためらいがありました。しかし、いい句であり、私が好きな句であることは否定できません。

子規は柿が好物だったようですが、それだけでなく、それまでの日本の文芸では「柿」は花鳥風月や詩情に縁がない食べ物でした。それを俳句に詠いこみ、話題になったことが本人にはうれしかったようです。

じっくり読めば読むほど心にしみる名句です。柿をひとくちかじると、法隆寺の鐘が鳴るのが聞こえてきたという句です。ただそれだけの句なのですが、法隆寺という実在の寺が出てくることで、奈良という古都の茶店で柿をかじるのどかで孤独なひとときが浮かびあがってきます。

啼きながら蟻にひかるる秋の蝉　子規

数え切れないほどの蟻の群れが一匹の蝉を引いていきます。秋の蝉は力がありません。飛ぶ力の失せ、地面に落ちた蝉は蟻の餌食《えじき》です。群がる蟻に引かれていく蝉はそれでもまだ鳴いているのです。刑場に引かれていく罪人が強がりでうたう歌を引かれ者の小唄と言いますが、蟻に引かれる蝉は最後の生命力を振り絞って鳴いているのです。その哀れな蝉の声は涙なしには聞けたものではありません。

その頃、子規は結核性の脊髄カリエスで不治の病と闘っていました。それでも最後の力を振り絞って俳句を創り続けていました。死に近づきつつ最後の気力を振り絞る子規と蟻に引かれつつなお鳴き続ける悲痛な蝉を重ねるのは深読みでしょうか。

永き日や欠伸うつして別れ行く　漱石

「坊ちゃん」「三四郎」などの小説を残した文豪夏目漱石の俳句です。何となく日が長くなった春の午後が目に浮かびます。

おそらく友人と永い時間を過ごしたのでしょう。どんな話なのかはわかりませんが、話がひと区切りついて友人と別れました。友人は別れるに際して「じゃあ、また……」と言って思わず欠伸をしました。「うん、じゃあまたな」と言って応えましたが、自分もまたおもわず欠伸をしてしまいました。

ただ、それだけの俳句なのですが、欠伸をうつされた人、うつした人の関係がユーモアの感覚とともに目に浮かぶ一つの情景です。

夏の夕菅笠の旅を木曾に入る　虚子

高浜虚子は子規に出会って俳句に開眼し、子規の主宰する「ホトトギス」に参加、子規亡きあと、ホトトギスを継承しました。以後、押しも押されぬ日本俳壇の巨匠としての地位にのぼりつめました。虚子は、古来よりの俳句をあるべき形のまま存続させ、スムーズに近代化の波に乗せた功労者でもあります。

私個人としては、虚子の俳句を読むたびにかく創るべしと、いつも教えられているような圧迫感があり、好きという範疇には入らなかったのですが、何気ない一句に出会ったりしたときなど、なるほどと、目からうろこが落ちる思いをさせられたこともあります。確かに虚子のめざしたのは、まさに何気ない一句の創作であり、わざとらしさを強調する通俗俳句の対局にある句と言えるかもしれません。

ここに取り上げた句も何気ない一句ですが、何となくドラマの香りがします。夏の夕暮れは昼の暑さがやや衰えてきます。暑さを避けるために、日中は昔の旅人のように菅笠をかぶっていたのですが、木曾に入るといくぶん涼しく感じられ、菅笠をはずしてみました。宿場もすぐ目の前です。笠をとった頭を木曾の夕風がなでていきます。

手毬唄かなしきことをうつくしく　虚子

手毬唄というのは新年の季語です。子供たちは年の始め手毬をついて遊びました。手毬をつきながらうたう唄が手毬唄です。手毬唄の中には、貧しい農民たちの嘆きや悲恋の伝説などをうたったものがあります。まともに聞けば悲しい唄なのですが、手毬唄はその悲しい歌を美しくうたっているというのです。

大巨匠、虚子の句と比べるなど大それていますが、私の拙句に「手毬唄とぎれとぎれや母子家庭」なる一句があります。通俗俳句ですからドラマ性を強調しています。父のいない母子家庭は普通の家庭とはいささか違って、正月も何となく淋しいのです。手毬唄も何となくとぎれとぎれのように聞こえます。

からまつは淋しき木なり赤蜻蛉　碧梧桐《へきごどう》

北原白秋の「落葉松《からまつ》」の詩を想起させる一句です。白秋の詩に「からまつはさびしかりけり」という一行があります。

この俳句はまことに簡単明瞭、わかりやすい句ということで、通俗俳句が見習いたいほどです。からまつは何て淋しい木であることか。そのからまつの木に赤とんぼが飛んできてとまったという風に連想してもいいし、淋しさつのるから松林に赤とんぼが群れているさまを想像してもいいでしょう。わかりやすいのに余韻のある句と言えるでしょう。どうということのない句なのに私の好きな句です。

別かるゝやいづこに住むも月の人　水巴《すいは》

通俗俳句の主要テーマである別れを詠っていますが、格調の高さにおいて一級の俳人といえるでしょう。

この句も、読む人によっていろいろな解釈ができると思います。別れた人のことを詠っているのは一目瞭然です。大事な人と別れたけれど、月が照る限りその人と同じ月を見ることができるのです。別れたきみよ、私にとってあなたは月のように手の届かないところの憧れの人です。どこに住んでいようとも私はあなたと同じ月を見ているのですよ。

このように、いろいろと言葉をつくしても、俳人の心の中にある「月の人」を読み解くことはできません。読者にとってもその人は遠い彼方の月の人なのです。

湯豆腐やいのちのはてのうすあかり　万太郎

私は、俳人としての万太郎より、劇作家としての久保田万太郎のほうを強く意識します。しかし、劇作家としての万太郎は、彼の死とともに記憶から薄れつつあるのに比して、俳人としての万太郎の作品は、日々、読むたびに強く迫ってくるものがあります。

掲載した作品は読むたびにしんとした思いにかられる一句です。この俳句の解釈も人それぞれだと思います。湯豆腐と命の果ての薄明かりとはどんな因果関係があるのか、理論的に解明できるものではありません。

俳句の背景を知ることは解釈の邪魔になるというのが私の考えですが、何でも愛人の死後に発表された俳句ということです。命の果てを作家の意識する自分自身の終焉と解釈している人が多いようです。それはそれで納得のいく解釈です。何しろ詩ですから、理屈で解釈するのは実際は空《むな》しいのです。

私は、この句を読むたびに、深夜から明け方にかけて湯豆腐で酒を傾けている孤独な老人の姿が目に浮かびます。障子の外は白々と夜が明けてきています。障子をかすかに染める薄明かり……、このほの明るさは、暗い命の果てに訪れた一脈の生の証《あかし》です。人生とは、はかなく淋しいのですが、かすかな薄明かりは今日の命をかきたてているようでもあります。淋しいと心で呟きながら杯を唇に運びます。

たましひの脱《ぬ》けしとはこれ、寒さかな　万太郎

万太郎の俳句には、前書きのついた句が多いのです。これは彼が劇作家だったことと無関係ではないような気がします。この句の前書きに「一子の死をめぐりて」とあります。一子は愛人の名前で、彼女の死に際して作られた俳句です。

日常的に私たちは「魂が抜けてしまったようだ」という言葉を使います。大胆にも万太郎は日常的な言葉を俳句に取り込んで使っています。「魂が抜けたとはこのようなことをいうのでしょうね。本当に力が出ないのです」と万太郎は呟きます。これは寒さのためとは思うのですが、愛人が死んだためかもしれません。魂の抜けた身にいっそう寒さがこたえる感じの句です。

足袋つぐやノラともならず教師妻　久女《ひさじょ》

いろいろと破天荒な過去を持つ女流俳人として語り継がれてきた人です。いかにもその人らしい俳句です。ドラマ性のある作品です。

つつましく足袋のほころびを繕っている教師の妻の心の中はイプセンの小説「人形の家」のノラのように生きたかったのです。ノラは封建的な生き方を強いられる家を捨てて自由の世界に飛び立ったのです。「私もそのように生きたかったのに……」と、ただ黙々として足袋の繕いをしているのです。

われにつきいしサタン離れぬ曼珠沙華　久女

これも大胆な発想の俳句です。自分にはサタン(悪魔)が憑《つ》いているのです。だからいろいろと邪悪なことを考えるのでしょう。そのサタンが自分から離れていこうとはしません。まるでサタンのように赤い曼珠沙華がゆれています。いい句というより面白い句ですね。

春の宵なほ処女なる妻と居り　草城《そうじょう》
薔薇匂ふはじめての夜のしらみつつ　草城

数年前、通俗俳句の主要テーマである愛を詠った草城の面白い句に出会いました。そのとき、私はわが意を得たりと大いに喜んだものです。

草城は、現代俳句の先鋒的な役割を果たした人ですが、私が出会った俳句は、季語もリズムも尊重する楽しい句ばかりでした。この句は、結婚初夜を詠った俳句です。大変にわかりやすい俳句です。初夜を迎えた妻は、まだ処女のままです。折しも、ほんのりとした春の宵です。あと何時間か後に妻は自分に処女を捧げるのです。それまでの間、処女である妻と作者は二人きりの時間にひたっているのです。

二句目もまた妻との初夜の朝を詠った俳句です。初夜の夜が、今、まさに明けようとしています。夜明けの弱光の中に薔薇の香りがただよっています。この芳香こそが感激の初夜にふさわしいのです。何て、ドラマチックな俳句でしょうか。格調高い俳句ですが、通俗俳句の基本的な条件がすべて備わっています。

降る雪や明治は遠くなりにけり　草田男

何の説明もいりません。むしろ批評を拒否した名句です。このような名句は意識して創るというより、偶然の所産としか言いようがありません。硬質的で厳格な俳句の多い中村草田男の句は、軟派な私の好みとずれているのですが、この句の素晴らしさには脱帽です。この句は昭和六年に発表されました。

雪の持つ哀感が遠くなった明治への郷愁をかきたてます。私にとっては、昭和も遠くなってしまいましたが、「降る雪や昭和は遠くなりにけり」では句の感じが出ません。やはり、明治でなければなりません。

維新、西南戦争、暗殺、憎悪……、さまざまな確執を乗り越えて大正にバトンを渡した明治です。さらに昭和という新しい時代を迎えました。しかし今となってみると、明治もはるか遠くのできごとのようです。しんしんと降り積む雪を見つめながら、明治に生まれた草田男はしみじみと思うのです。

万緑の中や吾子の歯生え初むる　草田男

前述のように硬質的、論理的な句の多い中、珍しく抒情的な俳句だと私が感心した一句です。幼児である愛児の歯が生え初めてきたという感動を詠った俳句です。ときは、あたかも自然界に緑が生い茂る季節です。自然の勢いが燃え盛ろうとしている季節に愛児の歯が生え初めたのはとても偶然には思えないのです。自然の勢いに呼応する生命の讃歌です。

あとがき

本書の書名『言葉の水彩画』は私の本名で刊行した処女出版の書名と同一である。処女出版は約五十年ほど前のことである。「言葉の水彩画」というネーミングは、日産自動車のＰＲ誌『くるまの手帳』に三年七ヵ月に渡って連載した、詩ともソネットともつかない季節の言葉に冠せられた通しタイトルである。

連載が終了した翌年に同じタイトルの書名で、出版社の三交社が刊行した。本書に収録した句集のタイトルとしても「言葉の水彩画」はふさわしいのではないかと考えている。本書にも処女出版の『言葉の水彩画』より抜粋して、その作品を付録として転載した。

私の句が醸し出す雰囲気はまさに水彩画の世界である。今のところ本書は私の生涯最後の著作になるのはないかと考えている。奇しくも処女出版の書名と生涯最後の著作の書名が同一というのも何かの因縁かもしれない。

本書に収録された句は私の少年時代から今に至るまでの句から選択して収録したが、つぶさに調べてみると、やはり、この十年の間に作られたものが大半を占めている。やはり昔の句は未熟なものが多い。愛着はあったが、多数の句を割愛した。

私はかねてから、詩集や歌集や句集は自費出版すべきだと考えていた。ところが、私は数年前に『通俗俳句の愉しみ』、続けて『ボケ除け俳句』（いずれも展望社刊）という二冊の俳句に関連した著書を刊行した縁により、本書を私の俳句著作のシリーズに加えていただくことになった。思いがけず書店の棚に並べていただけることとなった。有難いことである。

本書の序にも記したが、私の俳句は本道からはややはずれている。私の俳句は文芸というより言葉の遊びである。しかし、私は、それも一つのジャンルであると考えている。俳句の中に自由律俳句が含まれるように、もう一つの「叙情句」というジャンルがあってもいいのではないかと考えている。

その違いについて論理的に説明するのに難しい。拙句を一読いただいて諸兄姉の心情にかすかに芽生えた情感、それが叙情句ということだ。明らかに通常の俳句とは違うはずだ。その辺をご理解いただければ有難い。

俳句の収録作品は前記二冊の俳句本の拙書に掲載した句も含まれていることをお断わりしておく。

末尾であるが、本書の刊行をお引受けいただいた唐澤明義社長に感謝いたします。

菅野 国春

令和元年晩秋

［著者略歴］

菅野 国春　かんの くにはる

昭和10年（1935）岩手県奥州市に生まれる。書籍編集者、雑誌記者、ルポライターを経て作家に。

小説のほかにルポルタージュ、ドキュメンタリーなど多数の著作を持つ。現在も現役で、講演会やカルチャースクールの講師、著作執筆に東奔西走。

俳句はどこの結社にも所属しないが俳句オタクとして少年時代から70年の経歴がある。

俳句に関する著書は「通俗俳句の愉しみ―脳活に効くことば遊びの五・七・五」「ボケ除け俳句―脳力を鍛えることばさがし」（いずれも展望社刊）の二冊がある。

令和元年十二月現在、伊東市で「ふるさと句会」の講師。著者の住む老人ホーム〈伊豆高原ゆうゆうの里〉の俳句会「ゆうゆう句会」の世話人。

叙情句集

言葉の水彩画

二〇一九年一二月二一日　初版第一刷発行

著　者――菅野国春
発行者――唐澤明義
発行所――株式会社 展望社
郵便番号一一二―〇〇〇二
東京都文京区小石川三―一―七
　エコービル二〇二
電　話――〇三―三八一四―一九九七
ＦＡＸ――〇三―三八一四―三〇六三
振　替――〇〇一八〇―三―三九六二四八
展望社ホームページ http://tembo-books.jp/

印刷・製本――株式会社 東京印書館

ISBN978-4-88546-369-3